AF234178

Vente du Jeudi 1er Mai 1873.

SALLE N° 6.

40 TABLEAUX

PAR

Alexandre COUDER

Exposition Publique : Le Mercredi 30 Avril 1873.

COMMISSAIRE-PRISEUR
Me CHARLES PILLET,
10, rue de la Grange-Batelière.

EXPERTS
MM. DHIOS et GEORGE,
33, rue Lepeletier.

EXEMPLAIRE DE DHIOS

CATALOGUE

DE

40 TABLEAUX

PEINTS

PAR

Alexandre COUDER

DONT LA VENTE AUX ENCHÈRES PUBLIQUES AURA LIEU

HOTEL DROUOT, SALLE N° 6,

Le Jeudi 1er Mai 1873,

A DEUX HEURES ET DEMIE.

Par le ministère de M° **CHARLES PILLET**, Commissaire-Priseur,
10, rue de la Grange-Batelière,

Assisté de MM. **DHIOS** et **GEORGE**, Experts, 33, rue Lepeletier,

Chez lesquels se trouve le présent Catalogue.

EXPOSITION PUBLIQUE : *Le Mercredi 3o avril 1873*

DE UNE HEURE A CINQ HEURES.

CONDITIONS DE LA VENTE

La vente sera faite au comptant.

Les adjudicataires payeront *cinq pour cent* en sus des enchères.

Paris. Imp. de Pillet fils aîné, rue des Grands-Augustins, 5.

DÉSIGNATION

---

1 — Raisin, melon et pêches.

Haut. 1 m.; Larg., 81 cent.

2 — Fleurs des champs. Dessus de porte.

Haut., 60 cent.; Larg., 1 m.

3 — Melon, raisin et pêches. Dessus de porte.

Haut., 60 cent.; Larg., 1 m.

4 — Retour du marché.

Haut., 73 cent.; Larg., 59 cent.

5 — Fumeur absent.

Haut., 73 cent.; Larg., 59 cent.

6 — Bourriche de fleurs des champs renversée.

Haut., 65 cent.; Larg., 81 cent.

7 — Retour de chasse.

Haut., 65 cent.; Larg. 81 cent.

8 — Pêches, raisin et prunes.

Haut., 32 cent.; Larg., 40 cent.

9 — Perdrix et raisin.

Haut., 32 cent.; Larg., 40 cent.

10 — Pêches et raisin.

Haut., 32 cent.; Larg., 40 cent.

11 — Lilas et giroflées.

Haut., 54 cent.; Larg., 65 cent.

12 — Conversation intime.

Haut., 32 cent.; Larg., 24 cent.

13 — Groupe de fleurs dans un vase.

Haut., 32 cent.; Larg., 24 cent.

14 — Perdrix et alouettes.

Haut., 42 cent.; Larg., 65 cent.

15 — Fleurs des champs.

Haut., 61 cent.; Larg., 50 cent.

16 — Lapin pendu par la patte.

Haut., 65 cent.; Larg., 42 cent.

17 — Fleurs des champs et prunes.

Haut., 42 cent.; Larg., 65 cent.

18 — Perdrix, raisin et citron.

Haut., 38 cent.; Larg., 46 cent.

19 — Intérieur de cuisine.

Haut., 46 cent.; Larg., 55 cent.

20 — Pêches, raisin et fleurs.

Haut., 92 cent; Larg., 73 cent.

21 — Fleurs du printemps.

Haut., 65 cent.; Larg., 54 cent.

22 — Pêches, raisin et groseilles.

Haut. 65 cent.; Larg. 54 cent.

23 — Fleurs et fruits dans un parc.

Haut., 27 cent.; Larg., 32 cent.

24 — Fleurs des champs.

Haut., 35 cent.; Larg., 27 cent.

25 — Raisin et pêches.

Haut., 35 cent.; Larg., 27 cent.

26 — Fleurs des champs.

Haut., 27 cent.; Larg., 21 cent.

27 — Marguerite.

Haut., 46 cent.; Larg., 38 cent.

28 — Fleurs des champs.

Haut., 46 cent.; Larg., 38 cent.

29 — Pêches et raisin.

Haut., 54 cent.; Larg., 65 cent.

30 — Bouquet de fleurs des champs.

Haut., 65 cent.; Larg., 54 cent.

31 — Lilas et giroflée dans un verre.

Haut., 38 cent.; Larg., 46 cent.

32 — Fleurs du printemps.

Haut., 65 cent.; Larg., 54 cent.

33 — Fleurs des champs.

Haut., 54 cent.; Larg. 65 cent.

34 — Madone entourée de fleurs.

Haut., 65 cent.; Larg., 54 cent.

35 — Fleurs des champs.

Haut., 46 cent.; Larg., 38 cent.

36 — **Fleurs diverses.**

Haut., 32 cent.; Larg., 24 cent.

37 — **Fleurs et Fruits.**

Haut., 55 cent.; Larg., 46 cent.

38 — **Pêches et raisin.**

Haut., 42 cent.; Larg., 65 cent.

39 — **Fleurs des champs.**

Haut. 65 cent.; Larg., 54 cent.

40 — **Fleurs des champs.**

Haut., 65 cent.; Larg., 54 cent.

RED. :

21

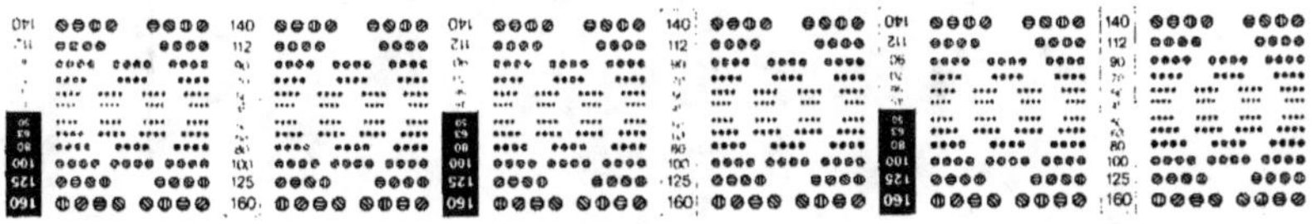

0 1 2 3 4 5 6 7 8 9 10

BIBLIOTHEQUE
NATIONALE
DE FRANCE

****

CHATEAU
DE
SABLE
1995